NOTES

SUR LE

POÈTE JOYEL

par

M. LAROCHE

Président de l'Académie d'Arras.

Extrait des Mémoires de l'Académie d'Arras.

ARRAS,

Typ. et lith. de A. Courtin, place du Wetz-d'Amain, n° 7.

1867

NOTES

SUR LE

POÈTE JOYEL

par

M. LAROCHE

Président de l'Académie d'Arras.

Extrait des Mémoires de l'Académie d'Arras.

ARRAS,

Typ. et lith. de A. Courtin, place du Wetz-d'Amain, n° 7.

—

1867

NOTES

SUR LE POÈTE JOYEL

Il nous est retombé dernièrement sous la main quelques notes, que nous nous étions proposé de soumettre à l'Académie, sur les œuvres d'un poète d'Artois, dont le nom n'est cité dans aucun de nos recueils. Son existence nous fut révélée fortuitement, dans les circonstances suivantes.

A l'époque où la vente de la riche et précieuse bibliothèque du président Bigant avait appelé à Douai, l'élite des amateurs et des libraires de Paris, des villes du Nord, de Londres même, on annonçait la prochaine mise aux enchères, devant le commissaire-priseur de Montreuil-sur-Mer, d'une masse de douze mille volumes, ayant appartenu à feu M. Deroussent, chirurgien à Montreuil et « provenant, en grande partie, des bibliothèques

» éparses au moment de la révolution, des monastères
» des Carmes et de St-Saulve (de Montreuil), des abbayes
» de Dompmartin, St-André et des établissements reli-
» gieux de Boulogne-sur-Mer. »

On citait « une certaine quantité de manuscrits go-
» thiques sur vélin, d'éditions incunables, Elzéviriennes,
» Robert Etiennes *(sic)*, etc. »

Cet énoncé devait attirer l'attention, et l'on ne fut
point surpris de voir que, renonçant à lutter sur le
terrain brûlant de Douai, une quinzaine de libraires de
la capitale même, de Lille, d'Amiens, de St-Omer, de
Boulogne, et, bien plus, de Gand, ne dédaignèrent point
de se réunir dans la grange louée temporairement pour
être convertie en salle de vente. Le grenier rustique qui
la surmontait servait de magasin, là se trouvaient, accu-
mulés en piles, les livres attendant qu'on les descendit,
au fur et à mesure que le feu des enchères opérerait
le vide, dans les lots disposés au rez-de-chaussée.

C'était, d'ailleurs, une singulière bibliothèque; ce fut
une vente plus singulière encore.

On était, de prime abord, frappé de ce mélange inouï
de livres intéressants, curieux, rares et précieux, même,
mais devenus sans valeur, étant pour la plupart piqués
des vers, tachés d'humidité, incomplets de portraits, de
gravures, de feuillets entiers.... au milieu d'une multi-
tude de volumes n'offrant même pas la valeur de leur
poids.

En présence d'un tel chaos, la prudence conseillait à
l'amateur de s'abstenir, et il le fit forcément, lorsque la
coalition des libraires lui eut enlevé toute chance de
concurrence.

Ces messieurs, dès le début, se plaignirent hautement
de la lenteur des mises en vente et des adjudications,
menacèrent de se retirer en masse si l'on ne changeait
pas d'allure, et, ainsi, parvinrent à se substituer au no-
taire, au commissaire-priseur, au libraire-expert ; com-
posant les lots, indiquant seulement les titres de quelques
tomes pris au hasard, et adjugeant, par l'organe d'un
libraire étranger, à un homme de paille, représentant de
leur association formée au préjudice des héritiers et des
amateurs.

Ceux-ci n'hésitèrent pas, dès la fin de la première
vacation, à abandonner le terrain, ayant reconnu l'im-
puissance des officiers ministériels à empêcher ce dé-
sordre, pour nous sans exemple.

Néanmoins, il nous avait été adjugé, dans un lot de
livres divers et très divers, un volume qui avait excité
notre curiosité, en raison de l'inconnu, de la singularité
de l'œuvre, et du nom de famille de l'auteur, seigneur
en partie d'Hendecourt et de Rullecourt, terres d'Artois.
— Voici le titre de l'ouvrage :

LE TABLEAV TRAGIQVE, OV LE FVNESTE AMOVR
DE FLORIVALE ET D'ORCADE

pastorale, avec plusieurs stances, odes et autres fantaisies
poétiques, par le sieur JOYEL. — *Vita nihil ; cursus gloriæ
sempiternus*, à Dovay, de l'imprimerie de Martin Bogart,
à l'enseigne de Paris, l'an 1633. — (In-12 en 2 tomes, l'un,
de 173, l'autre, de 272 p.

Faisons d'abord observer que ce livre paraît inconnu
jusqu'ici, n'ayant été mentionné, ni dans la bibliothèque
Douaisienne, ni dans la liste des poètes du XVIIe siècle

de Brunet, ni dans aucun des catalogues, soit des bibliothèques publiques, soit des nombreuses ventes opérées de nos jours.

Le livre s'ouvre par une épître dédicatoire à monseignevr messire Ponthvs d'Assonleville (¹), chevalier, seigneur de Brevillers (en Artois), de Patonval, etc., chef des eschevins et bovrgvemaistre de la ville de Dovay, etc.

L'auteur, bien qu'appartenant à une famille artésienne, était néanmoins né à Douai, d'après cette phrase de son épître : « J'ai deu vous addresser ces præmices, puisque » vous estes le père de la respublique, à qui je suis » obleigé, comme enfant, de sacrifier le premier fruicl » de ma muse. »

On se sent favorablement disposé à la lecture de l'ouvrage, par l'éloge qu'en font, selon l'usage observé aux XVIe et XVIIe siècles, dès le vestibule, les amis de l'auteur. Cet avantage ne fait point défaut à Joyel.

Nous trouvons, sous le titre de *Stances*, deux pièces de vers signées, la première, par de Bretencovrt, gentilhomme françois (²) ; la seconde, par Des Rosiers, parisien.

Ces éloges anticipés n'étaient pas de trop pour enhardir Joyel, qu'on pourrait comprendre dans le *genus irrita-*

---

(1) Cité dans Carpentier, t. 2, p. 108, comme ayant eu, pour femme, Anne de la Hove.

(2) Dont nous connaissons un volume imprimé à Rouen, en 1634, sous ce titre : *Le Pélérin étranger ou les chastes amours d'Aminthe et de Philiride;* c'est un roman en vers et en prose, dédié à très illustre et vertueux messire François, chevalier, seigneur de Recourt, Camelin, Choque, Gonnehen, Onnecourt, Anvein, baron de Doulieu, chattelain hériditaire de Lens en Arthois, etc. A la fin du volume on trouve onze odes en l'honneur de la maison de Cameliny.

bile vatum, d'après l'aigreur que respire le passage de son épître, où il déclare que « son bocage s'oze vestir » du jour sous l'authorité de la grandeur (de messire » d'Assonleville), s'asseurant que le seul ombre d'ycelle » est capable de coller un silence éternel dans toutes » les bouches des Aristarques.... »

Des Rosiers, le parisien, de son côté, l'encourageait à dédaigner ceux-ci :

. . . .
N'amuse donc tes sens à la taupe grossière,
Qui te voudra blasmer et ne scaura comment :
Car l'œuvre qui n'aura jamais de monument
Ne se doit arrester aux choses de poussière.

Le prenant, de plus haut, de Bretencovrt, le gentil-homme françois, l'exaltait en ces termes :

Ce n'est que vent tout ce qu'on dit d'Orphée,
Qu'il attiroit tant d'animaux divers
Et les charmoit sous la loy de Morphée,
Il le pouvoit, s'il eût chanté tes vers. ..

Eloge prêtant singulièrement à l'équivoque et qui ne semble pas rassurer suffisamment le poète, qui s'adresse directement à ses lecteurs.

Av lectevr, salvt,

De vouloir marcher en jour, sans avoir des censeurs, c'est se prévaloir de tracasser les espines, sans estre offencé de leurs poinctures, puisqu'escrivant aujour-d'hui, on traverse les ronces d'un monde bégayant..., il n'y a que les bons esprits qui se jettent en la foule des muses, pour sucer, aux isles fortunées, une béatitude qui n'a sa fin que dans l'éternité,

Quique pii vates et Phœbo digna locuti,

Omnibus his niveá cinguntur temporá vittá, Æn. l. vi. et ceux qui crachent dans le sein d'Hypocrène, ce sont autant de femmes de cicones qui déchirent le pauvre Orphée....... Nous voyons tant de cervelles de foin s'eschauffer à mordre les œuvres et les escrits de ceux qui les surpassent en perfection, comme ces ânes qui vouloient rendre muets les rossignols, à force de braire......

Lecteur, cette épistre n'estoit pas encore hors de la presse que plus tôt j'ai entendu criailler contre mes œuvres, non par des hommes, mais par des asnes qui ne recanent que le foin et l'ignorance.

Qu'ils mettent un peu en veue publique six à sept mille vers pour l'essay et les præmices d'une jeunesse, on y verra bien de la confusion...; et s'ils pensent enchaisner ma plume, à force de coasser comme des grenouilles, ce sera alors que je lui donnerai plus de saillie, pour les faire seicher plus fort d'envie, que ne sont des carcasses au tombeau... Sans mentir, leur murmure enroué me fera moins d'affection que l'ombre de l'ombre de chêne. *Transeat.* L'approbation porte : Ces œuvres poétiques du sieur Joyel ne contiennent aucune chose contraire à la foy catholique, apostolique et romaine, et, estants imprimez selon leur mérite, seront de plaisante lecture. Douay, 20 juin 1633. Signé Mathias Naveus, docteur en théologie, censeur épiscopal des livres. — Notons que Foppens cite ce même censeur, ancien chanoine en la cathédrale de Tournay, comme étant « *librorum censor accuratus, solidi solertisque vir*

» *judicii atque ingenii. Foppens, bibl. belg., t. 2, p. 876.*»

Entrons en matière par l'argument sur le funeste amour de Florivale et d'Orcade.

L'auteur expose, en vile prose, que le berger Célandre adorait Florivale, mais que celle-ci ne répondait à sa poursuite que par des injures, n'étant nullement touchée de l'amour éternel qu'il lui avait voué et lui préférant Orcade ; « car Orcade trouvant (un jour) Florivale em-
» barassée entre les mains de la mort, lui avoit sauvé
» ses jours hors des boyaux d'un tigre qui lui préparoit
» desjà sa tombe au fond de l'estomach. »

Florivale éprouva par suite, pour son sauveur, un amour que celui-ci partage, mais qui est traversé par Célandre.

Ce dernier, ayant corrompu, par boisson, un satyre, va trouver Orcade à l'autel où il offrait un sacrifice, l'attaque et le laisse pour mort... le blessé toutefois est recueilli et pansé par un druyde.

Le drame se divise en cinq actes.—Dans le premier figurent Lucie, mère de Florivale, un chasseur, un voyageur, Florivale et ses deux amants.

On y voit Orcade mettre en fuite le tigre qui menaçait la vie de Florivale, celle-ci témoigner sa reconnaissance à Orcade et exciter ainsi la jalousie de Célandre. Les rivaux se livrent un combat qu'interrompt un voyageur survenu à propos...

La scène, au second acte, se trouve occupée par Florivale, Orcade et Célandre, un satyre, une ombre et un druyde. — Célandre, prenant un satyre pour complice, prémédite la mort de son rival et le frappe d'un coup qu'il croit mortel.—Heureusement pour le blessé, ses gémissements sont entendus, au milieu de la nuit, du fond de sa grotte, par un druyde qui sort avec une chandelle, le trouve gisant et le porte dans sa retraite.

Célandre, ne trouvant qu'absynthe au lieu de douceur en sa poursuite, veut mettre fin à sa vie. Sa mère s'efforce de le détourner de cette pensée et de lui inspirer de l'amour pour une autre; mais, loin d'y acquiescer, il repousse ses avances et devient fou quelque tems.

Cependant Géon, beau-père de Florivale, ne pouvant la décider à accepter Célandre, la traîne par les cheveux pour la ramener chez lui et l'y enferme en prison...

Lucie, mère de Florivale, outrée de cette barbarie, se décide à empoisonner son mari pour délivrer Florivale, qui, hors de prison, traîne à son tour au tombeau le corps de son beau-père.

Célandre, pourtant, voyant que le lion ne pouvait rien, s'aide du regnard.—Il vient trouver son rival, feignant que le tombeau de Géon renferme les restes de Florivale.—Les deux amants décident de ne pas lui survivre, et, pendant que Célandre fait semblant de se tuer d'un coup de couteau, Orcade se pend réellement et meurt.

Survient Florivale délivrée, et le cherchant : sitôt qu'elle eut jeté l'œil sur le corps de son amant, elle ne voulut pas lui survivre et elle s'empoisonne... Célandre, à ce spectacle, se tue également... Les mères de ces trois victimes, cherchant chacune leur enfant, se rencontrent devant leurs restes inanimés...

Au milieu de leurs pleurs, voici que leur apparaît l'ombre de Géon, sorti hors de sa sépulture, lequel tord le col à Lucie, qui avait filé tout le sang de ce malheur, « en sorte que tous les autres, d'effroy, happent une

» fuite, et, finalement, laissent sur le théâtre quatre
» corps morts et une ombre qui ferme les yeux et tire
» le rideau à cette histoire tragique. »

Cet extrait donnera une idée de la charpente dramatique de la pastorale, dans laquelle jouent leur rôle,
outre les personnages déjà cités, et notamment l'ombre
de la mère d'Orcade, un magicien et un écho.

Quant à la poèsie, pour mettre à même de l'apprécier,
nous citerons quelques passages.

Ainsi, dans le dialogue entre les deux rivaux :

CÉLANDRE.

J'ai l'esprit argenté.

ORCADE.

L'argent n'est qu'excrément
Sa belle âme est trop sage, ainsi que je présume, -
Pour aymer un folastre environné d'escume.

CÉLANDRE.

L'or et l'argent font tout : ils font le boiteux droit.

ORCADE.

L'imbécille cerveau fait l'homme mal adroit.

CÉLANDRE.

L'argent pèse plus fort que l'esprit le plus sage

Voici maintenant les pensées de la jeune Florivale :

Sous le climat bening de ce doux pasturage,
Je consomme les jours et les nuits de mon âge,
Je trace en liberté la suite de mes ans,
Comme un jeune oysillon qui volette au printamps ;

Tantôt, près du miroir d'une froide fonteine,
Zéphire, avec ma voix, mesle sa douce haleine,
S'efforce, parmi l'air, d'espardre mes cheveux,
Pour mieux idolâtrer ma face, où sont ses veux.

. . . .

Si je passe mes yeux dans l'argent du rivage,
J'y voys Phœbus, au fond, qui rit et m'envisage ..

. . . .

Ou si je vay chantant sur l'esmail d'un ruisseau,
Sitost, l'écho respond, qui refrappe dans l'eau.
Sitost un rossignol, une tourbe emplumée,
Se niche, pour m'ouir, dans l'ombreuse ramée,
Tire de ses poumons des fredons plus legers,
Pour en faire victime à Pan, dieu des bergers.

. . . .

De ce ton sentimental, passons à la chanson à boire
du bûcheron et citons le premier couplet :

Que sert-il de vivre au monde
S'on n'y boit pas du meilleur ?
Qui boit de l'eau à la ronde
Il esteint tout sa chaleur ;
Bois donc du vin à l'envie,
Il resuscite la vie.

Voici maintenant une scène, où l'écho joue son rôle,
dans ce monologue d'Orcade.

ORCADE.

Déesse de la voix, hostesse des bocages,
Respons, si tu ne dors dans un lict de feuillages,
Aux accens d'un berger qui crie après la mort.

ECHO.

. . . . mort.

ORCADE.

Souffre que deux torrens de mes deux yeux je pleure

ECHO.

. . . . pleure.

ORCADE.

Mais où dois-je périr ; dans le feu des alarmes,
Ou dans l'eau ? Ne me tiens plus longtems suspendu.

ECHO.

. . . . pendu.

ORCADE.

Hélas ! au souvenir de ce destin, je tremble.

ECHO.

. . . . tremble.

ORCADE.

Je tremble de frayeur, je voi devant ma face
Tout un troupeau de morts, qui vient et qui reva.

ECHO

. . . . va.

ORCADE.

Il faut rouler là-bas, la sentence est commune,
Que nous devons descendre en ceste maison brune ;
L'un y court aujourd'hui, et l'autre y va demain.

ECHO.

. . . . demain.

ORCADE.

Tu ne sais pas le tems, ta voix est trop fatale,
Adieu, fille de l'air ; je te quitte et je fuis.

ECHO.

. . . . fuis !

Nous ajouterons à ces extraits la scène dernière.

C'est le moment où Géon, empoisonné par sa femme Lucie, sort du tombeau, devant elle.

Acteurs : Milène, mère de Célandre, Calydas et Coradin, bergers.

MILÈNE

O Dieux ! fuyons, je voy Géon qui résucite.

CALYDAS.

Las ! je tombe en fuyant.

CORADIN.

C'est de prendre la fuite.

LUCIE.

O ciel ! je l'apperçoy tout pers de la poison,
Il a son ventre gros ainsi comme un poinson.
Il porte contre moy un œil espouvantable
Et vient grinçant les dens à moy mesme coupable.
Géon, ne me reproche un crime perpétré,
J'ay de vous quatre morts le théâtre pourpré,
Je confesse d'avoir, d'une main parricide,
Meslangé ton trespas dans un breuvage humide.
Mais perds le souvenir de ce forfait commis,
Et m'emmeine avec toy dans les antres blesmis.

GÉON.

Vois quel affreux miroir ta cruauté desserre,
Depuis que tu m'as mis au royaume sous terre,
Quel effroy dans ce bois, quel esclandre partout !
Non, tout le ciel en pleure et tout l'enfer en bout.

(Il tord le col à Lucie).

Sus viens pareistre, infâme, aux piedz de Rhadamante,
Pour computer les faits de ton ame sanglante.

FIN

Dans la seconde partie, nous trouvons, d'abord, *les amours de Phylophante et de Porphir*, exposés en douze pièces de vers, sous le titre de *Stances*. Nous citerons le début de la première.

Non ta puissance, amour, est beaucoup plus estrange
    Que ce qu'on nous escrit.
Veu qu'un petit regard si subitement change
    Le repos d'un esprit.
Phylophante un matin rayonnoit à sa porte,
    Comme une lune aux cieux,
Je passe et de ma veue une œillade m'emporte
    A regarder ses yeux.
Sitost, comme un esclair en mon sein tu le rue,
    Impitoyable amour,
Apollon s'en *ria*, qui couroit dans la rue
    Et y portoit le jour.
Tout au mesme moment ma nature s'enflame,
    Je change tout d'humeur.
Un feu passe et repasse à travers de mon âme
    Qui me met en rumeur.

Tout me fasche ici-bas, tous les objets du monde
    Ont ma tombe en leur sein.
Un bruit dans mon cerveau me suscite et me gronde
    Quelque mauvais dessein.
Mon appétit se perd, ma prunelle est troublée,
    Je ne voy rien qu'esmoy.
Phylophante en tout lieu se forme en mon idée
    Et se tient devant moy.
Si je me dresse au ciel, j'y voy peint son visage
    Au solaire flambeau.
Si j'advise Neptune, au plustost son image
    S'exprime dedans l'eau.
Si je prends le pinceau pour peindre Bradamante
    Ou quelque acte passé,
Je m'étonne soudain que je peins Phylophante,
    Sans y avoir pensé.
Mesme sans cesse en l'air un nuage s'amasse
    Qui se fait tout pareil ;
Et, soit où je me tourne, au même tans, sa face
    Se crayonne à mon œil.
Je me couche et je dors, pensant de mettre en fuite
    Cet objet promtement :
Mais sa figure r'entre et plus forte et plus viste
    Dans mon entendement.
Ce beau portrait toujours s'assemble imaginaire,
    En mes conceptions.
Et je ne songe rien à quoy je me doy plaire,
    Qu'en ses illusions
Je me lève de nuict, j'allume ma chandeille
    Pour tromper le destin.
Sa présence revient, qui avecque moi veille
    Tout jusques au matin.
On m'appelle là-bas, qu'on se va mettre à table,
    Que je vienne soudein :

Et n'y voyant s'assir cette fille adorable,
  J'ay la viande en desdein.
Je quitte l'attirail et je vay en campagne,
  Pour plorer mieux dehors,
Phylophante me suit et partout m'accompagne,
  Comme l'ombre, le corps...
L'amour est un soleil qui eschauffe nos âmes,
  Avecque tant d'appas,
Que celui qui souspire, au milieu de ses flammes,
  En aime le trespas :
C'est comme un papillon qui vollette et qui rampe
  Autour de son buscher,
Et plus sent-il le feu et plus court en la lampe,
  Où il doit tresbucher...

Malheureusement pour Porphir, l'objet d'une si belle flamme quitte le monde pour le cloître et

« L'ange qu'il adore se distille en rivière,
  Dans un cloître enserré. — »

Nous remarquons, en opposition avec cet hommage à la puissance de l'amour, ces vers adressés à Charles de Longueval, fils de Philippe, seigneur de Manicamp, et d'Isabeau De Thou.

Tu ne t'occupe à la fumée
Ny aux frivolles de l'amour,
Car pour Dieu tu laisse la cour,
Et l'or, et l'azur et l'espée...

Tu trouve plus haute l'estude
Dans la recherche des autheurs,
Que suivre des hommes flatteurs
Qui chrachent sur la solitude.

L'estude n'a pas de seconde,
Elle est sans rancune et sans fiel,
C'est un petit crayon du ciel
Dedans un paradis du monde.

Non, non, l'estude est toute aymable,
Son accueil est tout blandisseur,
On n'y suce rien que douceur
Dedans une extaze adorable.

Ta race, qu'un courage allume,
Combat de vaillance et de fer,
Et toi tu ne veux qu'estouffer
Les erreurs avecque la plume.

Après avoir félicité le gentilhomme, ami de l'étude, notre auteur adresse ses louanges à M. Honoré, docteur et professeur en droit, protecteur de la veuve et de l'orphelin :

Il n'est besoin d'user de charmes,
Il ne faut point jetter des larmes,
Pour te semondre à charité.
Une veufve devant ta face
Bientost de son âme desplace
L'aide de son adversité. —

Puis, suit, comme contraste, la satyre des gens de loi.

Un peuple bouffy de rapine,
Et en qui la fraude chemine,
N'est propre qu'à faire un butin :
Il ne touche jamais la plume,
S'il n'at une teste qui fume
D'un large et gros fleuve de vin.

S'il faut qu'il intente une affaire,
Il fera son ventre un repaire
De boue et de fange et d'excez.
Son gosier, qui point ne se lasse,
Nous ronge jusqu'à la carcasse
Devant la fin de noz procez...

Il donne le feu à son âme,
Il file une parjure trame
Pour une charrette de foin.
Tandis qu'il flatte ses entrailles
Et qu'il fricasse les volailles,
La justice pleure en un coin.

Dieu ! tu n'es pas de ceste bande...

L'ode deuxième s'excuse de ne pouvoir rendre hommage, faute de le connaître, à l'objet des amours de M. *Coronel*.

Je voudroy, Coronel, connaistre le visage
Qui range en sa prison ton âge jouvenceau ..
Le peintre fait bien mieux voyant devant sa face
La paupière, où dedans fait sa demeure amour.

La troisième ode est adressée à M. Jean Joyel, escuyer, seigneur de Rulleconte, d'Hendecourt, en partie, etc.

.... Ta race estoit toute cachée,
Et dedans un ombre couchée
Tu lui as redonné le jour,
Faisant parestre à ton génie
Que tu supportois de l'amour
Et non pas de la tyrannie.

Nous devons tous oblation
A ta dévote affection,
A ton labeur et ton courage
Que tu as prins pour séparer
Notre famille de l'ombrage
Que le tems faiset esgarer.

Un conte Bauduin (¹) debonnaire,
Marchoit sous la voûte lunaire,
En Flandre, il y a six cents ans.
Ce prince, ayant veu en ta race
Des hommes très preux et vaillans,
Il leur fit donner une place,

A Hendecourt, est ce beau lieu,
Lieu beau pour habiter un Dieu
Où esclatte une seigneurie
Qu'il donna pour rescompenser
Ceux à qui jamais la furie
N'a sceu d'une tache offenser.

Ce lieu, ce lieu'jusqu'à cette heure
Fut une honorable demeure
De plusieurs mémorables héros
Qui, bouillonnant d'une vaillance,
Brusloient de conquester des los
Dans les feux que Bellone eslance.

Azincourt en est le tesmoing,
Car il a veu, l'espée au poing,
Un de noz ayeuls, pour la France,
Combattre et renverser des corps
Pour faire aux Anglois résistance
Et les rendre au fleuve des morts.

(1) Probablement Baudouin IV, dit *à la Belle-Barbe*.

Repoussant la bande ennemie .,
Non pas d'une face blesmie,
Mais à la teste du canon,
Un coup jetté de l'adversaire,
Dans un sépulchre sanguinaire,
Luy fit éterniser son nom.

. . . .

Je ris qu'un cerveau méchanique
Nous vouloit deschirer antique
La race et la face et le flanc ;
Mais tu as esmoussé sa rage
Et monstré que l'illustre sang
Brille bien plus que son lignage. .

Retire de ce fleuve sombre
Ta race, qui n'estoit qu'un ombre,
Et d'un incomparable cœur,
Ton esprit politique et sage,
Fasse le noble chien vaincœur
D'un ours ancré dans le bocage.

Monstre luy son antiquité
Et fais luy voir que l'équité
A illustré ton parentage,
Que s'il a acquis des honneurs,
Ce ne fut à chanter en cage
Comme font tous ses bouffonneurs.

Si Joyel se montre reconnaissant de l'éclat jeté sur sa famille, il prouve également sa gratitude envers ceux qui ont encouragé le jeune poète. C'est ainsi qu'il s'acquitte envers M. de Bretencovrt, dans les vers suivants :

(Ode IV) .... Les Dieux ont esté si courthois,
Qu'ils ont versé dans un François

> Tout ce que peut apprendre une âme,
> Et ce que nous pouvons avoir
> Durant nostre vitale trame,
> Jusqu'au Carontide abreuvoir...

Au mesme (Stances).

> Je m'en iray trouver les ombres de tes pères,
> Je diray : votre filz brille par l'univers ;
> Ils trouveront plus doux ces royaumes sévères,
> Sçachans que Bretencovrt fait des si braves vers...

Il ajoute, comme une preuve de son affection, cette dernière strophe :

> Que je seray content, quand je verray ta plume
> Reluire auprez du roy de cette noire court,
> Et te voyant si tost en ce palais qui fume,
> Je t'iray embrasser, mon brave BRETENCOVRT !

Dans les stances adressées au docteur et professeur en médecine Du Gardin ([1]) on lit :

> ... Tes livres vont par l'univers
> Visiter des climats divers,
> Et passent les flots de Neptune :
>
> . . . .
>
> Quand le Dieu du vaste élément
> Sent la charge assez rudement,
> De tes volumes sur son onde,
> Il bave et escume plus fort :
> Mais il se taist sçachant qu'au monde
> Ils voguent pour chasser la mort.

(1) Du Gardin a laissé différents ouvrages de médecine, entre autres, un traité sur la peste sous ce titre : *Alexiloimos, sive de pestis natura, causis signis, prognosticis, præcautione et curatione ;* Douai, 1617, un vol. in-12.

A M. Dom Albin Farbut, religieux de l'abbaye de St-Amant.

Sur la vanité et fuite du temps.

Stances (34 strophes).

... Une mesme saison n'emporte nostre vie,
L'un trespasse en naissant, l'autre dans le berceau ;
Celle-cy dans le flanc maternel est ravie,
Celuy-ci tout chenu trouvera son tombeau.

Un folastre s'amuse à prendre des chimères
Et courir des oyseaux qui ne durent qu'un jour ;
Il postpose le ciel aux choses éphémères,
Et ne suce qu'un ombre en son fresle séjour ;

Il caresse l'esmail d'une face pucelle,
Et pense sur un vent se fonder et s'assoir ;
Il délaisse, insensé, une rose éternelle,
Pour une pauvre fleur qui se fanit au soir.

O homme sans raison, tu cours à la fumée,
Et tu cerche de l'or qui n'est qu'une vapeur...
. . . .
Sitost qu'un homme meurt, son âme prend la fuite
Et l'élément de l'air occupe sa prison,
La femme est toute en pleurs, l'enfant se précepite,
Et on n'entend que cris parmy cette maison.

. . . .
Une troupe d'amis suit ce corps à la cendre,
On le quitte sitost qu'il a les yeux couverts...
Cet homme qui mangeoit est mangé dans la terre,
Et c'est son propre corps qui le dévore ainsi...

Voyla que c'est de toy, ô homme misérable,

Et voyla le tableau de ton tragique sort...
Tu hume le petun (¹), tu pousse la fumière
Hors du nez, que tu vois se perdre si souvent,
Hé Dieu tu ne dis pas, mon âme est casanière
Dans un lieu, qui n'est rien que fumée et que vent.
... Las! ainsi, *mon cousin*, l'homme à des riens s'amuse
Et culbute aux enfers comme un flocon neigeux :
Le vray piège enchanteur de ce monde l'abuse
Et le perd au plaisir de son crime fangeux...
... Toy, tu donne du pied à la fade paresse,
Tu as toujours la main à quelque sainct labeur :
Si le jardin te tient, ou Pomone te presse,
Ce n'est que pour le ciel passer un tans pipeur.
... L'inconstance du sort ne change ton courage,
Tout marche sur ton front avecque un mesme pas ;
Une ferme vertu s'assit sur ton visage,
Et se rit tout à fait des œuvres du trespas.

Sur la mort de M. Hardy, prince des poètes comiques (²)
(10 strophes de 6 vers).

ELÉGIE.

... Que la France ne soit faite qu'une rivière
Puisque le grand soleil des poètes est mort.

Ton grand Paris n'est plus qu'une isle très déserte ;
Sa structure est de pleurs jusqu'au faiste couverte.
... Son Louvre n'a plus rien de sa pompe royale,
L'esprit du roy se voit confus dans un dédale,

(1) Nom que l'on donnait alors au tabac.
(2) Le premier auteur dramatique qui ait réclamé et obtenu *la part d'auteur*. Il avait été nommé par Henri IV, *Poète du Roi*,

.. Depuis qu'il est privé d'une plume si sage,
Qui ne descrira plus que les faits des enfers.
Que dis-je? les sçavans n'auront jamais de tombe,
... Non, HARDY ne sera esteint dedans la bière,
... Mais, malgré le destin et la cohorte noire,
Son renom, buriné dans un érain de gloire,
Durera plus longtemps que ne feront les cieux.

Nous négligeons les vingt vers de l'épitaphe du même et les vingt strophes de dix vers chacune, de sa descente aux chans d'Elisée, où il rencontre Théophile, dont suit l'épitaphe :

Au brave Théophile.

Epitaphe.

François qui passe icy, si l'œil ne te distille,
Regarde en ce caillou ce qu'on y a escrit :
.., Ronsard a fait très bien, et Malherbe, de même ;
Mais ils n'ont sceu atteindre à mes inventions :
Car ma muse, qui fut plus haute et plus suprême,
Les a tous surpassés en ses conceptions. —

Encore un hommage à un poète lauréat, moins connu que Hardy et Théophile.

Au sieur Anthoine Serrurier.

Stances.

Le tamps qui mange tout et dévore noz jours,
N'a pas si tost filé la course d'une année,
Que plus tost je te voy la teste couronnée
De poétiques fleurs, que tu cueille toujours :
    Car Phœbus fait croistre un laurier,
    Tous les ans, pour un SERRURIER
(Même refrain, à la suite des deux autres strophes).

Enfin, une dernière partie : *les Fantaisies poétiques,* s'ouvre par un apologue latin, avec cette épigraphe : *Non divitiæ, sed virtus,* on y expose les résultats opposés des deux genres d'éducation sur deux enfants élevés, l'un dans la mollesse, l'or et la soie; l'autre parmi les privations et les rigueurs d'une vie laborieuse. La conclusion tirée est que ceux qui ne répondent pas à la noblesse de leur naissance, sont plus méprisables que celui qui est né dans l'obscurité et qui se montre digne de s'élever.

On trouve, à la suite :

1° *l'Adieu du jour* à M. Kellam, en 30 strophes de 6 vers; 2° *le Voyageur,* 17 vers; 3° *au Dieu des Vents;* 4° *les Trépassez;* 5° *l'Anacorète,* 25 strophes; 6° *un Pendu à des Corbeaux,* élégie en 14 vers; 7° *le Prisonnier bacchique;* 8° *Apollon dans l'onde;* 9° *les Larmes de la Pauvreté (non terra, sed Cœlum),* 39 strophes de 6 vers; 10° *le Feu est au village à Jean l'Oignon (vinum et mulieres apostatare faciunt sapientes),* 19 strophes de 20 vers; 11° *Invective,* prose et vers; 12° *l'Hyver au sieur Max^en Dv Mortier,* 37 strophes de 6 vers; 13° *les Amours des Dieux,* 48 strop.; 14° *Epitaphe à l'Yvrongne ensevely dans une fustaille;* 15° *Dialogue entre un Riche et un Pauvre,* tous deux au tombeau; 16° *un Canart à son Cuisinier,* épigramme. Nous laissons de côté quelques sonnets, nous terminons par l'extrait suivant de la pièce intitulée : *Les larmes des Poètes et Comédiens de Douay (¹), sur la mort de M. Dv Mortier, natif au dit lieu.*

(1) Les artistes signalés seront ainsi remis en lumière et ajoutés aux listes dues aux recherches patientes de **MM. Dehaisnes et Asselin.**

C'est fait la Parque emporte un si brave comique,

. . . .

Douay est aux abois, on ne jette qu'alarmes,
Lebrun hurle plus fort que la voix d'un chartier :
La Moisson sonne au feu et verse un flux de larmes,
Sçachant la triste mort du brave *Du Mortier.*
Baudou ne porte plus de mouvement dans l'âme,
La Pied-Sante s'esgorge à force de gémir :
Jan l'Oignon tout à fait veut esventrer sa trame
Et là rendre ses jours qui ne font que blesmir.
Diestre se lamente, et ne cesse d'écrire
Des pitoyables vers en jettant mille flos ;
Et *Scogrif,* en mourant, il n'a garde de rire...
Car il se fend la bouche à pousser des sanglos.
Dufour accourt au bruit, et *Hattu,* aux vacarmes,
Entre plus effrayé dans la sale du Puy (¹)
Tout criant, ô troupeau qui fais de si beaux carmes,
Un bon comique est mort en la scène aujourd'huy.
Sitost ces bons sonneurs (²) vont prendre en main la plume,
Pour pleindre ce poète envoyé chez Charon,
Cependant que Joyel est en un feu qui fume
Contre l'injuste arrest des enfans d'Achéron.
Dourgeois, ce tabarin, s'estrangle en cette perte,
Et larmoye en la nuit ce funeste trespas ;
Mais *Gros-Jan* se veut mettre en une tombe ouverte,
Pour aller à son oncle au royaume là-bas.
J'apperçoy *Serrurier* qui forme un épigramme
Et qui escrit pleurant avec l'eau de ses yeux :
Enfin tous noz rimeurs vont à la froide lame,
Pour jetter des souspirs aux parnacides dieux.

(1) Le Puy de Douai était fort renommé.
(2) Les Poètes.

Arras.-- Typ. et Lith. de A. Courtin, place du Wetz-d'Amain, n° 7.